月に足、届きそう

オノツバサ

敢えてコトバを未完のまま
もどかしさの途上で
そこにあるはずでないような想像の絵を

そのまま置いて作ること

もうしばらく名前をつけるのはやめにして
袖を通して何処か違う服を着てしまう

ほんの少し前のこと

もくじ

月に足、届きそう

メロンソーダ

メロンソーダ飲みたい
何処かの夏の日陰のずっと濃い日陰で
夕方の匂いのする風が吹く一時間前
空はアクリルのように
青い

空中列車

ローカル線は　なだらかな起伏に沿って　空と地面の中間にあった
空中列車は　日常を写しながら　時間そのものになった
不完全な幾何の具体は　懐かしい音を伴い　そこに暮らしの匂いを認めた

田園が見えた

夏が止まって見えた

無音のように
ずっと見えた

手を振っていた

或る究極的な、エーテルの流れがあって、ぼくは、それを知っていて、つぶさに、それに従う。淀みのなかに、清流があり、汚れながらも、美しさよ、そこへ。何も、別に、君の日常を否定しまい。けど、ただ、本意が、そこに導くのだから、不条理は平然と笑う。アルコールを飲むには、理由があった。でも、やみくもに飲んだら、やはり、それはよくない。煙草もただ吸えばいいってものじゃない。ああ、知ってる。知っているのは、何

だ。
[illegible]ものだ。[illegible]に共有されていき、どんどん愛しくなって
いく。ぼくは、笑顔で手を振っていた。心より愛を込めて。

二〇五号室

この部屋は
覚えている
ぼくの汗も
きみの汗も
染みている
同じ天井を

見つめてる
同じ匂いを
嗅いでいる
何年先まで
知っていて
空間を身に
刻んでいく
生きている
ずっといる

いまもいる
いなくても
そこに溶け
ぼくに溶け
ぼくも溶け
きみも溶け
この部屋は
ずっと残る

コーヒーとバナナと雨

コーヒーとバナナと
雨。窓のなか、ああ
生あたたかくもあり
涼しくもありまして
暗に安心しますのは
ぼくが根音ごという

転がる如く夏は去り
秋雨は冷めざめ続き
詠嘆の受容体として
脳反響は抜かりなく
悪だくみの好奇心は
ただ純粋なばかりで
夢遊病者の戯言とも
凡そ区別つきがたく

煙草ふかしてみては
すべて曖昧にもでき
ああジャズが欲しい
棲み分けと、混沌と
あなたと夜と音楽と

うみほたる

意味が追いついてしまうと
落ちるので
わたしまだまだ走るのですが
後ろに誰もいないのさみしいから
たまには声を聴いてほしいと思うもの

ちょっと待ってと声を張る
蜃気楼を捕まえて
もどかしそうに泣いている背中には
物語が綴られた
音速の色に乗って
情景は
風景に
風景は

背景に
手懐けられる間もなく
表象を掬った
わたしは村を捨て
法外に出て
憂鬱を呑んで
光と闇に浮かされて
宇宙をものにすると決めた

風に吹かれて
もう一度
景色の明るみを
認識しにいく

宇宙の歌

ボクは、宇宙の目。
ボクは、宇宙の耳。
ボクは、宇宙の鼻。
ボクは、宇宙の口。

いくつかの青

わたしは
　　手に取った　ひとつの青を　可視化する　さまざまなフィルターから
注がれていく様を飲んだ

具象は絶えず抽象を鳴らし続けた

わたしが望んだものは

　　　　　　わたしがかつて持っていたものかもしれなくて

すべては　印象へと発火し　溶けていくことを知る

群青

青の奥には、青がある
不可分の青が
だから、青は青
現に、青は青なのだから
印象は、不可分
印象は、それであって、あれではないのだ

認識は、世界を自分とするし
認識は、自分を世界とする
世界は、自分の自画像になるが
自分は、世界の自画像にもなる
表現が、自ずと表出するならば
表出は、あらかじめ世界を望んでいるし
世界は、印象を使役する
そして、世界の受け皿を問いかける

きみは、ひとりじゃないと言い
世界はひとつとさらり言う
ただひとりのぼくを置いて

消息

音楽はなんて美しいだろう
すべてを鮮明にするだろう
風は透けるだろう
波はそよぐ水面にささやくだろう
声は切り出しはじめるだろう

いたなのまま残るだろう

時間を越えるだろう
花はやがて開くだろう
書き留めた日々は思うだろう
夢は現実に混じるだろう
笑顔は愛に溶けるだろう
痛みはやさしく匂うだろう
すべる肌にささやかに灯るだろう

冬の仮象

星のように
凍えている
氷のように
燃えている
湖のように
冴えている

水のように
識っている
山のように
泣いている
夜のように
咲いている
空のように
見つめてる

スケッチ

やさしい団地ありました
ぽかぽか陽気の昼下がり
小さな公園
ブランコで
水色のやわらかい風でありました
ベランダ屋根

とうめい

とうめいだ。とうめいだ。はくしょくの、とうめいだ。あさはひかり。ふゆの、ひかり。まちは、しずかに、おとをむかえる。えきにむかう。てつどうがちかづいて、ごぜんがうごきだしていく。ゆびさきは、えだのようにしんみりしていて、りょうてをむすび、いのるように、あたたかい。めをほそめている。

歩く

わたしは　ゆっくりと　歩く。
わたしは　歩く　ゆっくりと。
ゆっくりと　わたしは　歩く。
ゆっくりと　歩く　わたしは。
歩く　わたしは　ゆっくりと。

通りを。浸していく　あなたを　抱えきれず　飲んでいく　声を。

トレース

仄かな
冷たい春の
トレースに
浸る
窓辺の
フォトグラフ

あたたかな
青の
さびしさの
やさしさ

たゆたう
淡い
ふくらみ

浮力

月に足、届きそう。
ひとくちの、欠伸。
空に引っ張られる。

ただ、それだけの。

はるのかしょう

はるのかすみは
ぼんやりあって
こもれびは
あやとりしている
きせつは
まご[illegible]ないで

かおっていた

そこにたって
まっていた
このにおいを
ずっといぜんにしっている
いきうつしのからだ

かぜがふいた
ふいたのはだれ
なみがたった
たたせたのはだれ

傘

小雨、小雨、小雨、

傘、傘、傘、

白、白、白、

指、指、指、

時計、時計、時計、

あおぞら

そらは、とおくなった
おとが、すわれていく
おんがくのうしろに、きおくがある

なにもなくって、むねがいっぱいになる

浮遊

泳いでいた――雲をかきわけて――あるいは――浮遊していた――空をとんでいた――空の在り方を知るために――探していた――終止符の打ち方を知らずに――はじまりさえ知らずに――抱えていたことを――不思議に想う――まるみを帯びた――浸透圧に――委ねてしまうだろう――

ゆっくり折りたたんでいく

ゆっくり折りたたんでいく。ゆっくり居なくなっていく。たくさんたくさん話したことは今ではほとんど覚えていない。すっかりことばは溶けてしまって。音のでない映画のようになってあっちこっちに散らばって。片付けないと。片付けないとって。ずっと続いていて。眠れるかな。天井がうっすら見えるよ。

月、飲む、海、なぞる

つり合い、はた、ざわめく、ひと時の、静まり、落っこちて、上って、浮かぶ、背中、あさって、投げる、会いたくて、今すぐ、月、飲む、海、なぞる、受けとめる、まぶた、泣いているの、作りかけの、かなしみは、ほほえんでいるように、見える

さざなみ

きれいな目をして　うそをつく　まばたきの切れはし　さざなみ　さざなみ　西の空　青が溶ける。歩いて　歩いて　どこまでも　行ってしまいそうな　時間の果てのバス停に　待たせている。待たせている。

今を編む

雨はららら降る　音をよろこぶ羽の生えたあいだ　手をのばす　届きそうな
いまここにある　散らばった欠片　ほどくほど　近づいて　主語をなくして
遊んでいる

うた

想像のうたを歌おう。うたという想像を。利便性のないことばが唯一、詩であることで救われるような。ニュアンスの喉仏を通って前屈する、持て余している何かが外へ出ようとするちから。ぼくという存在がいましがた君の声から始まったような、根拠の鳴りをふりまいて。同じこと想い続けた匂いのする。

０センチメートル

そのわずか、０センチメートルのあいだ、確かめあっている、終わらない、
終わりが、終わっていく、うその、ほんとうが、知っている、唯それだけ
を、告げている、うす明かりに沿い、まなざした、声はない、しばらくは、
揺れる木の葉と、夜ふけのバイクと、収束と、ここにある、つたっていく、
ぬくもりと

メゾン

あれはいつだったろう。ワンルームの小さな部屋で、寄る辺のない祈りを、冬空に浮かべて、ささやかな喫煙をほどくのでした。せわしない日々は、閉ざされた色を思い出せるよう、言い聞かせるように歌うのでした。未だ眠りのまんなかで、覚めたら再び会えるような想い出を、しばらくそっと歌うのでした。

ふるいあめ

ふるいあめがないように

ふるいあさがないように

ふるいかおくがならんで

ふるいこいはつづいてて

ふるいきずはいまここに

ふるいいまがいまとあう

とおりすぎたまちなみひとつひとつのしゅんかんのつらなり。かみしめるよ

こい　こたいていよう　たきていよう　いのるように　すみわたっていく

月に足、届きそう

二〇一六年一二月一九日　発行

著　者　オノ　ツバサ
発行者　知念　明子
発行所　七　月　堂
〒一五六—〇〇四三　東京都世田谷区松原二—二六—六
電話　〇三—三三二五—五七一七
FAX　〇三—三三二五—五七三一

ISBN 978-4-87944-263-5 C0092